U0074074

可以幫我打個電話嗎？

林加春——著
芳安——繪

目次

CONTENTS

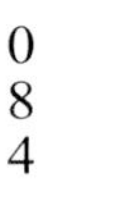
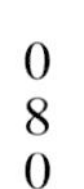
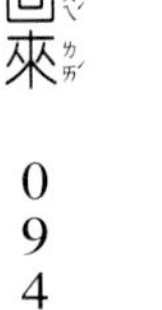

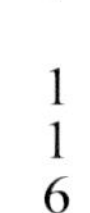
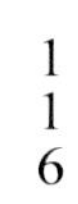

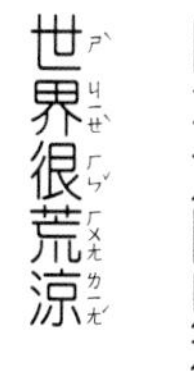

01

沒有誰能代替媽媽

抱著心愛的手機，小女孩米娜來問稻草人阿立克：「你可以幫我打個電話嗎？」

阿立克歪著頭想，沒有回答她。

米娜的粉紅色手機會發出閃光，會唱歌，只要按對了按鍵，還可以說「哈囉」。她想打電話給媽媽，試了又試，都聽不到媽媽的聲音。

「不，我不行。」阿立克晃晃身體：「我不知道方法。」

怎麼辦？米娜想念媽媽，她看著家裡媽媽的照片問：「媽媽，你可以打電話給我嗎？」

微笑看著米娜，媽媽在照片裡沒說話。手機傳出熟悉的歌曲，就是沒有媽媽喊「阿娜」的快樂聲音。

「你知道怎樣打電話嗎？」米娜問公園裡的黑色男孩雕像，黑色男孩雙手托著下巴，坐在石柱上，笑嘻嘻的嘴好像說：「你打呀。」

米娜看男孩飛起來的頭髮，開心的模樣，就也笑了：

「好。」

可是她按很多遍，都沒能打通電話。

「你知道嗎？媽媽的聲音很好聽，像唱歌。」米娜告訴阿立克。

靜靜聽米娜說話，阿立克找來麻雀啁啁啾啾，「像這樣嗎？」

「不是不是」，米娜很失望：「這樣像吵架，媽媽的聲音很快樂。」

「你知道嗎？媽媽會抱著我，說故事給我聽。」米娜告訴黑色男孩雕像。

黑色男孩靜靜聽，「歡迎來我身邊坐，我會陪你。」雕像說。

米娜抱住雕像，假裝它是媽媽，一會兒後，她鬆開手，「謝謝你。」在媽媽的懷裡很溫暖很柔軟，冷冷硬硬的黑色雕像提醒米娜：沒有誰能代替媽媽。

02 她在想媽媽

「她在想媽媽。」一隻麻雀跳在稻草人阿立克肩膀上大聲說。

一隻麻雀停在阿立克頭上：「她的媽媽去做工。」

麻雀們告訴阿立克：她家只有老人，大人都出去賺錢，很久才回家一次。

阿立克歪歪身體：「我幫不上忙。我也想要有個家，至少她可以回家，可以躺在床上，我只能站在這裡，夜晚也沒有棉被。」

不過，阿立克說：「我會想抱抱她。」

「我也可以跟她說說玩具醫生的事。」阿立克提醒自己。

站在這裡那麼久，看過太多事，聽過太多話，知道很多表情和心事，阿立克猜得到小女孩米娜心裡的話。

「媽媽一定很想我，就像我想媽媽一樣。」米娜看著阿立克，伸手把稻草人身上打結的彩線解開。

「沒錯。」阿立克很高興：「謝謝你。」

一群麻雀停在公園石柱上，黑色男孩雕像聽牠們吱喳聊天。

「那媽媽回不來了。」「去別的國家了。」「會送給別人養。」「有新的媽媽也很好。」「換一個家，是嗎？」「有哭哭鬧嗎？」「沒辦法呀。」「我們去唱歌安慰ㄊㄚ吧。」「要等ㄊㄚ出來才行。」

是說誰呢？

黑色雕像看麻雀們「呼」地飛起，簇往前方，麻雀們要去找哪一個「ㄊㄚ」呢？

「會熱嗎？」一個人背著大箱子走過黑色雕像，喊一聲，又把頭上戴的斗笠摘下來，朝黑色雕像搧搧風。

咦，從來沒有誰想到過，太陽下的雕像也會熱！

「謝謝你。」黑色雕像開心的笑。

03 火車送的禮物

直直短短的頭髮，圓鼓鼓的臉蛋乾乾淨淨，小女孩米娜每天帶著她的手機去找朋友。

粉紅色手機，是火車送來的禮物，米娜記得很清楚。

那天，她去看火車。跟平常一樣，「嗚嗚嗚」「控隆控隆」叫的火車，用力衝過去，地在動，樹葉在跳，她的頭髮裙子在飛。

長長的火車離開後，米娜看見一個小東西落在地上，她以為是石頭或是垃圾。走近前看，是粉紅色很漂亮的「盒子」，殼有點裂

紋，有幾個圖畫，她伸出小指頭輕輕摸，竟然會唱歌，米娜高興的拿回家。

阿公嚇一跳，那是手機嗎？

形狀很像，可是螢光粉紅色不常有，重量也有點輕。想要按或撥號碼，卻又找不到鍵盤畫面。有幾個水果圖，摸碰後會唱兒歌。電源呢？阿公找很久，都沒有接線的孔。指甲刮刮摳摳，竟然自己發出聲音：「哈囉」，怪腔怪調的。

米娜很心急，等著阿公把東西「還」給她。

終於，阿公說話了：「仿的吧，應該是玩具。」夜市路邊攤賣的那種。

阿嬤哼一聲：「這東西唱的歌，跟菜市場投錢的搖搖馬差不多。」

「囝仔物件啦。」阿嬤阿公都這麼認定。

東西很漂亮很特別，但是沒辦法找失主；既然湊巧被孩子撿到，就讓米娜留著當玩具。

米娜沒什麼玩具，偶爾阿公阿嬤去賣場，換到的集點贈品會給她，這個手機太神奇了，之前那些東西都比不上。米娜從此隨身帶著它，不肯放下。

幾個圖畫輪流摸，發現唱出的歌會變換，還會有燈光閃亮，很奇妙，米娜聽著兒歌一首一首學唱，好像有個朋友陪伴。

「它應該也可以打電話。」米娜想。

「我要打電話給媽媽。」

過完夏天就要上學讀書，原本，米娜希望快點學會寫字，她要寫信給媽媽，現在有手機，學會打電話就更好啦。

04 米娜的玩伴

聽到米娜想用粉紅色手機打電話給媽媽，玩伴阿胡和蚊子叮都笑她笨：「物可仍（不可能）。」「玩具手機怎麼能打電話？」

米娜家在一條巷子裡，兩排老房子暗暗舊舊的，面對面互相照顧，年輕媽媽們很多是外籍配偶。巷子裡的阿胡家門口有根路燈，丁文家和米娜住斜對面。丁文有個弟弟是小跟班，不太會走路，年紀大幾歲的皮蛋哥喊那弟弟是「叮咚」，叫丁文是「蚊子叮」。

阿胡常問大家：「喂，伊阿要挖油嗎？」去挖什麼油呢？其實她是說：「你們要玩球嗎？」話說不清楚，聽說是舌頭太長或太短的關係。皮蛋哥帶頭喊她「阿胡」，大家都不記得她的名字了。

還好，皮蛋哥沒給米娜亂取名號，頂多就是故意喊：「你是安娜（怎樣）？要打架喔？」或是說：「大家去爬樹，安娜（怎樣）？不行喔？誰說的？」逗得一群孩子哈哈笑。米娜也笑，覺得把「阿娜」叫成「安娜」更好聽。

算一算，米娜住的巷子女生多，皮蛋哥想找男生玩騎馬打仗或爬樹賽跑什麼的，就抱怨：「你們女生都不會。」別條巷子有幾個男生，皮蛋哥愛去找他們。

公園在巷子頭，出去就看得到，公園再遠一點會到菜市場，米娜幾個小孩只在巷子裡玩。皮蛋哥總是帶頭，玩滾鐵圈、踢銅罐仔或捉迷藏，又發明「跑火車」遊戲，大家前後接成一列，呵呵哇哇衝向公園，再嗚嗚嗆嗆轉回巷子，跑往稻田。

米娜、阿胡、蚊子叮跟別條巷子的小孩特別愛這樣遊戲，整條巷子熱鬧滾滾都是叫聲。

皮蛋哥住巷子尾，屋旁一塊空地被他祖父阿國仙種很多菜，放鋤頭桶子一堆工具。空地過去就是稻田，田的另一邊有火車路通過，鐵軌很長，每天都有火車跑來跑去。

跟稻草人玩也是皮蛋哥教的。給它戴帽子，披掛彩線或塑膠繩、破布，又取個名字叫「阿立克」，在它身邊跑啊鑽啊，揮手趕麻雀，還玩什麼「一二三稻草人」的遊戲，大家玩出滿身汗。

05 大家都要離開

有皮蛋哥帶領玩遊戲，巷子裡的生活很有趣，不只是小孩笑嘻嘻，每家都有老人，看著聽著，感覺日子過得很快。

可是皮蛋哥半年前搬家後，沒人做孩子頭，別條巷子的孩子不過來了，米娜立刻感覺巷子不熱鬧，玩起來很沒勁，做什麼都有爭吵，常常就不歡而散。連狗和貓也無精打采，整條巷子靜悄悄，好像陽光也走開了，沒有那種光和熱。

丁文和米娜同個年紀，常帶了弟弟叮咚來找米娜。她們去公園玩家家酒，採樹葉果子或挖沙坑，繞著公園躲貓貓，歡歡喜喜的。但是丁文因為爸爸工作調動，幾個月前搬家去嘉義了，丁家爺爺奶奶還住巷子裡，「我回來看爺爺奶奶時，我們再去公園玩。」丁文這樣跟米娜約定。

阿胡話說不清楚，有時還會急得大聲吵，不過她會跟米娜去田裡找稻草人或追蜻蜓。阿胡的辮子每天綁得很漂亮，紮上蝴蝶結更好看，比蜻蜓蝴蝶還美。只是阿胡下禮拜也要跟爸爸媽媽搬到市區，聽說要準備讀特殊學校。

想到大家都要離開她，米娜說不出的孤單。

「至少你有手機可以玩，我們都沒有。」

丁文和阿胡都羨慕米娜有粉紅色手機，可是米娜更羨慕她們能跟爸爸媽媽住。米娜從小就是阿公阿嬤照顧，從沒見過爸爸，媽媽要去外地工作，很久才回來，休假幾天又再出門。

有玩伴陪著，米娜暫時忘了媽媽，回到家吃飯洗澡睡覺時就又想著媽媽。懂事的米娜不敢吵阿公阿嬤，總是捏住小被子一角含在嘴裡，慢慢合上眼睡去。

撿到手機後，她每晚握住手機貼著臉，假裝自己在跟媽媽講電話，很小聲很小聲，聽不到聲音的說到睡著，不再咬被子了。

06 媽媽叫我寶貝娜

阿胡搬家後米娜自己去公園玩，稻草人阿立克已經不在了，黑色男孩雕像還坐在公園石柱上。

「可以幫我打個電話嗎？」米娜問黑色男孩，雕像在太陽下微笑，眼睛似乎亮亮眨了一下。

「你很想媽媽……」米娜聽見聲音，是黑色雕像說話嗎？她看看男孩，雕像的嘴角上揚，笑嘻嘻望著米娜。

「是，我很想媽媽。」米娜把粉紅手機放到黑色男孩的腿上，抱著雕像黑腳丫，米娜靜了一會兒。

媽媽多久沒回家，米娜就想了多久。

有滴亮亮的東西落在粉紅手機上，「兜」一聲。米娜抬頭，發現那是水珠又像是光點，伸手去摸，溼溼熱熱的。

哎，她碰到一個按鍵了，手機竟然「嘰嘰咕咕嘰嘰咕咕……」自動撥號。

拿起手機，米娜看著那個按鍵，為什麼以前都沒有看到這個鍵呢？

「嘿，寶貝娜。」手機發出聲響，是媽媽輕快溫柔的呼喚，而且媽媽不叫她阿娜了，改叫她寶貝娜。

「啊，媽媽。」米娜驚喜大叫。

「我愛你。」手機裡媽媽這樣說。

「啊，媽媽，我好想你。」對著手機喊，米娜想笑又想哭。

手機恢復安靜，媽媽沒再說話，那個按鍵消失了。

米娜看著黑色男孩雕像，它笑嘻嘻的嘴似乎俏皮的歪了一下。

「謝謝你幫我打電話。」米娜抱抱黑色男孩。雖然只能聽聽媽媽的聲音，米娜已經很滿足了。

黑色男孩雕像坐在石柱上，「歡迎來坐坐，我會陪你。」

嗯，這是祕密。

07 有誰可以幫忙

察覺只要按下手機裡那個∮鍵，它就會自動「嘰嘰咕咕嘰嘰咕咕」打電話給媽媽，米娜很開心。這按鍵是跟媽媽通話的開關，它藏在哪裡呢？

找來找去，把手機上每個地方都按過，就是沒辦法出現那個∮。

米娜來找黑色男孩：「我很想媽媽，你會幫我打電話，對嗎？」她抱住雕像的腳丫：「謝謝你。」

粉紅色手機放在黑色男孩雕像腿上，「兜」的一聲後，那個按鍵𝄞出現了。

聽到媽媽呼喚「寶貝娜」的聲音時，米娜總是快樂的想哭。

「媽媽，我愛你。」「你什麼時候回來？」通常，她都搶著這樣說。手機裡，媽媽會回答她一串輕柔笑聲，再跟她說：「我很想你。」

大約四句話之後，手機就安靜沒聲音了。

為什麼這樣呢？米娜看黑色男孩雕像：「我想多講一些……」

「沒電了。」黑色男孩眼睛亮亮，嘴巴笑笑，米娜也就點點頭：「嗯。」

旁邊麻雀們一齊叫嚷：「再試試，再試試。」

米娜笑起來：「謝謝你們。」麻雀吱吱喳喳不是吵架，是在幫她、關心她呀。

有一天，米娜帶了手機到公園，發現那裡圍了一圈又一圈的黃色繩子，石柱和雕像被隔開，進不去了。

工人走過來，叫米娜別靠近：「這裡要整修，很危險。」

喔，米娜想起稻草人阿立克，它被拔掉了，它站的那塊田地變成路。現在，黑色男孩雕像也會被移走嗎？那樣，好朋友又要少一個了。

更糟糕的是：如果沒有黑色男孩，誰可以幫忙找出那個按鍵呢？

08 玩具醫生

沒有黑色男孩雕像的幫忙，米娜沒法和媽媽通電話，她抱著粉紅色手機站在公園門口，遠遠看著工人和雕像，又低頭對著手機發呆。

「你的玩具壞了嗎？」一個戴斗笠的阿伯問。

「玩具醫生？」米娜嚇一跳。

稻草人阿立克說過，戴斗笠背大箱子的阿伯很會修理玩具，而且不用錢，很多人的玩具都讓他修好了，像新的一樣。

「來，我看看。」阿伯放下大箱子，一屁股坐上去。

米娜拿著手機，有點兒擔心：「你是玩具醫生嗎？」

阿伯看到粉紅色手機，先是奇怪的「咦」了一聲，接著笑呵呵說：「是啊，它請我來看看你的手機。」

哇，阿伯指那個黑色男孩雕像。

米娜笑了：「它是我的好朋友。」

點點頭，阿伯把手機舉高對著陽光瞧一陣子，在手機上捏捏轉轉按按，手指碰這裡碰那裡。

米娜不清楚阿伯要做什麼，手機放下後，她也看不出有什麼不同。

「好了，你試試看。」

米娜接過手機，每個鍵按一下，歌曲、閃光和「哈囉」都會出現，卻沒有那個∮，她急了：「我很想媽媽，我要跟媽媽說話。」

「沒有那個記號就不行……」

是阿伯弄錯還是阿伯找不到呢？

「我忘記教你密碼了。」阿伯恍然大悟：「密碼能讓玩具有神奇功能。」一邊說一邊按。

米娜立刻聽到「嘰嘰咕咕嘰嘰咕咕」聲，對了，就是這樣。

「來，你先聽，等一下再告訴你密碼。」阿伯把手機放在米娜耳邊。

「寶貝娜。」

「媽媽，我好想你。」聽到媽媽的聲音，米娜抓著手機大喊，忘情的轉圈圈，笑呀跳呀。

09 媽媽回家了

「寶貝娜，快回家。」手機裡媽媽的聲音好聽得像唱歌，米娜開心地問：「媽媽，你什麼時候回來？」

她轉個身，看到修理玩具的阿伯笑哈哈，臉上亮著光。

「寶貝娜，快回家呀。」

啊，米娜跳起來：「媽媽，我回家了，你等我。」她抓住手機急忙跑，一口氣衝到家。

「媽媽，媽媽……」才看到家門，米娜就喊，一路喊進門。

「阿娜。」迎出來的媽媽伸出雙手摟住米娜：「啊哈，很久沒看見你囉。」

「阿娜，你去哪裡了？怎麼知道我在家？」媽媽摟著米娜，點一下她的鼻頭。

「你在電話裡說的呀。」米娜喘吁吁說：「剛剛我跟媽媽通電話，你叫我趕快回來，說你在家裡，我就跑、跑、跑，跑回來。」真的，米娜胸口砰砰跳，一定是跑得很快很急。

「沒有呀。」媽媽搖頭：「我沒有打電話呀。」

「你怎麼有電話和號碼？」媽媽很奇怪。

「用它呀。」米娜舉起粉紅色手機。

媽媽看一下，這玩具還跟撿到時一樣，米娜很寶貝它喔。

「我跟媽媽通過幾次電話了。」

媽媽笑起來。玩具手機能打通嗎？心愛的孩子一定是太想念媽媽了。

「我心裡也常有阿娜喊媽媽的聲音。」媽媽想。

緊緊摟著米娜，媽媽微笑靜靜聽米娜說阿立克、黑色男孩雕像和玩具醫生的事。

米娜開心說完，突然想到剛才忘了問密碼，阿伯還沒有教……

「沒關係。」貼在媽媽懷裡，米娜滿足地閉上眼睛：「媽媽已經回家了。」

10 簡單好記的密碼

有媽媽陪伴，米娜很快樂，吃飯洗澡睡覺都不用大人叫。

雖然媽媽很忙，要洗衣煮飯打掃買菜，米娜只能跟著媽媽團團轉，屋裡屋外進進出出，有時還讓媽媽沒法子好好做事，但她就是笑呵呵，話說個不停。

發現媽媽也總是溫柔微笑看著她，嘴彎彎翹起，眼睛亮亮、眉頭舒展，米娜忍不住去把媽媽抱住。

啊，媽媽在家真好。

一直到媽媽假期結束，要再出門工作，米娜才又想起她的粉紅色手機。

「媽媽，你會打電話給我嗎？」舉起粉紅色手機，米娜抓住媽媽的衣角，急急問。

「阿娜」，媽媽放下行李摟著米娜，摸摸她的頭又拍拍她的胸口：「你會在這裡和這裡，聽到媽媽跟你說話。當然啦，你也可以跟手機說話。」

是這樣嗎？米娜看看手機，忽然記起一件事。

「媽媽，你可以告訴我密碼嗎？」

「有密碼，玩具就有神奇功能。」米娜記得玩具醫生是這樣說的。

密碼？是通關密語嗎？

媽媽笑了。這孩子腦海裡有奇妙故事唷，玩具手機能陪伴孩子在故事裡快樂生活，太好了。

貼在米娜耳朵旁邊，媽媽小聲仔細地說：「我要你我愛你我想你。」

「我也是呀。」米娜垮著臉，急得想哭了：「媽媽，你要告訴我密碼，我才可以打手機給你……」

「噢，阿娜。」媽媽再一次說：「『我要你我愛你我想

你』，這就是我們兩個的密碼呀。」

「阿娜，記住了嗎？」

米娜眼睛亮起來，笑咪咪點頭。媽媽的密碼簡單好記，她開心地跟媽媽說再見。

11 怎麼說才會懂

才跟媽媽分開半天，米娜就想媽媽了。

她對著手機說密碼，那個神奇按鍵沒有出現，米娜很沮喪，到公園找黑色男孩雕像。

唉呀，幾天沒來，雕像已經被移到噴水池中央高高石台上。

水池裡有水，米娜只能朝黑色男孩雕像揮手：「你看得到我嗎？」

黑色男孩坐在那麼遠又那麼高的石台上，米娜聽不到它說什麼。

「我想摸摸你。」以前，她都抱著雕像的腳丫說話，現在不行了。

「我想媽媽……」米娜眨眨眼。少了黑色男孩的幫忙，要怎麼跟媽媽打電話呢？

米娜抱著手機蹲在公園門口，呆呆想。

「米娜，你做什麼？」家裡阿公來找人，看到這孩子傻傻發呆，是怎麼了？

「阿公，我要等玩具醫生，他會修理玩具。」米娜站起來。

「你的玩具壞了嗎？我看看。」阿公拿過粉紅色手機，隨意按：

「會唱歌啊，沒壞掉。」

「我要打電話給媽媽，它不行呀。」

米娜悶悶的聲音聽得阿公好笑又心疼，牽起她的手：「嗨呀，玩具不能打電話啦。」

「你想跟媽媽說什麼？」阿公邊走邊問。

說什麼？米娜也不知道，她只是想要聽聽媽媽的聲音，那樣溫柔快樂、輕輕笑著喊「寶貝娜」的聲音。

要怎麼說阿公才會懂呢？

「你要聽媽媽的聲音？」

阿公終於搞清楚，米娜是想媽媽：「你在心悶喔。」

阿公疼惜地摸摸米娜頭髮，不過，「沒辦法用玩具手機打電話」這件事，要怎麼說小孩子才會懂呢？

12

麻雀也會幫忙

一群麻雀飛去噴水池找黑色男孩雕像。

拿粉紅色手機的小女孩想跟媽媽說話，可是她不會打電話。

「你不是幫過她嗎？」

麻雀們纏著男孩：「要怎麼做？」「跳上去嗎？」「太危險了吧。」

黑色男孩雕像教麻雀：「不危險。」「你們可以的。」「去嘛，陪陪她吧。」

於是，麻雀們「呼呼呼」地，衝到米娜旁邊，在她頭頂腳下啾啾啁啁叫嚷。

「我很想媽媽，你們可以幫我打電話嗎？」米娜問牠們。

「你去。」「我不敢。」「那你去。」「我會怕。」……

推推擠擠，麻雀們靠近米娜又折返，一隻一隻又一隻，才飛近女孩的手就立刻拍翅逃跑。

米娜愣愣看著麻雀，身旁這麼鬧吵聒噪，讓她忘了打電話的事。

突然有隻瘦弱小麻雀，被同伴撞歪翅膀，摔落到粉紅手機上，整群麻雀嚇得「轟轟」散去。

「我很想媽媽，你可以幫我打電話嗎？」米娜問這隻小麻雀。

小麻雀緊張得伸爪一點，慌忙也要飛，爪子刮到手機按鍵，

「嘰嘰咕咕嘰嘰咕咕」，手機竟然傳出聲響。

它自動撥號了。

米娜驚喜的聽見媽媽的聲音從手機發出來：「嘿，寶貝娜。」

「啊，媽媽，我好想你。」

「寶貝娜，我很想你。」

「媽媽，麻雀幫我打電話……」

說完，手機沒有再傳出媽媽的聲音，又沒電了嗎？米娜有點失落又有點滿足。抬起眼才發現，麻雀們在旁邊不遠處靜靜看著她，周圍一片安靜。

米娜笑了：「謝謝你們。」麻雀幫忙打電話，還閉嘴不吵，讓她能聽清楚媽媽的聲音。「謝謝你們，好朋友。」

看米娜開心揮手，麻雀們一齊快樂回她：「就是就是。」

13

牠們亂吵什麼

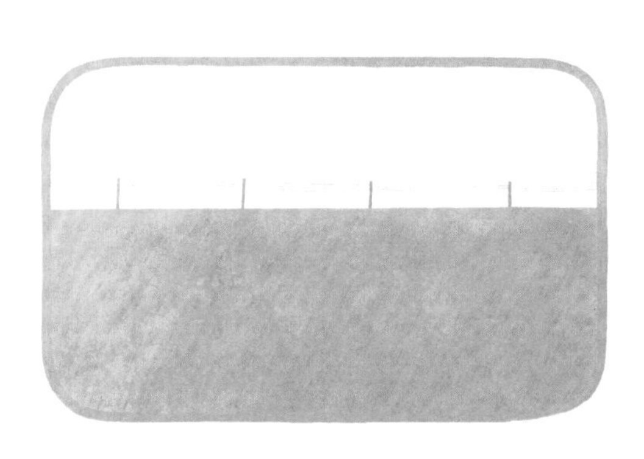

接連幾個下雨天，米娜不能出去玩，只能隔著窗戶看外頭。

她想跟媽媽通電話。

「媽媽，麻雀沒有來，你會幫我打電話嗎？」米娜在心裡問。

她學小麻雀，用指甲把每排按鍵「滑」一次。手機「嘰咕」一下就沒聲響。

再試一次，再試兩次，結果都一樣。

米娜又想到，趁手機有嘰咕聲時大聲說出密碼：「我要你我愛你我想你。」

「米娜。」

「啊」，聽到叫喚，米娜高興地喊：「媽媽。」

「米娜，你在做什麼？」阿公站在門口問。

米娜洩氣了，是阿公喊她，不是媽媽。

「我想跟媽媽打電話。」

阿公心裡嘆口氣：「玩具手機不能打電話啦。」

看看外頭出太陽了，阿公說：「我載你去兜風，找麻雀，要嗎？」

當然好。

迎著風騎摩托車到公園，麻雀在這裡叫得很熱鬧。

陪米娜看了幾分鐘麻雀，阿公不懂：「這有什麼趣味？」乾脆找來掃把，將附近垃圾落葉掃成堆。

麻雀們飛下來找米娜，看她從口袋裡拿出手機，大家爭著跳上去踩抓按鍵。

跟上次一樣，手機「嘰嘰咕咕嘰嘰咕咕」後傳出媽媽的聲音：

「寶貝娜。」

米娜眼睛亮起來，叫聲飛上天：「媽媽，我好想你。」

「我愛你。」

阿公嚇一跳，他聽到玩具手機有說話聲，再要聽，麻雀吱喳啾啁，圍著米娜亂吵。

麻雀在亂吵什麼？

阿公挖挖耳朵，看著米娜快樂的臉，問自己：「是我聽錯了嗎？」

14 為什麼不對

阿嬤不相信手機會說話。

阿公也不相信「麻雀幫忙打電話」這種事，至於「玩具醫生」和「密碼」，更像小說裡的故事。

米娜的腦袋太古怪了。

還好，阿公阿嬤沒有收走米娜的手機，大人那麼忙，只能讓玩具陪伴小孩。

每個小孩都知道，玩具是最可靠的伴，什麼話什麼事都可以找玩具商量，跟玩具說。

「我很想媽媽，你知道媽媽有想我嗎？」米娜問粉紅色手機，她一直想著媽媽。

「知道。」手機有小小的聲音，米娜把它貼在耳朵才聽清楚。

「媽媽很想你，好朋友。」小小的聲音這樣說。

米娜笑瞇起眼睛。呵呵，好朋友？「你住在手機裡嗎？」

「是。」

哇，手機裡的朋友？米娜驚喜地朝手機揮手：「你好，我可以看看你嗎？」

「我就是手機。」聲音小到快聽不見，米娜趕忙再把耳朵貼上去。

「好朋友，請你幫我打電話給媽媽，好嗎？」米娜急切地問。

手機好像「咕嘰」了一聲，米娜等著，可是沒有撥號聲，也沒有媽媽喊「寶貝娜」的聲音。

怎麼了？

「啊，要有密碼。」米娜想起玩具醫生說的話。

「好朋友，密碼是『我要你我愛你我想你』。」米娜一口氣說完。拜託手機：「請你再試試看。」

同樣「咕嘰」一下，手機亮出微弱的光，閃了閃，再閃了閃，接著熄了。

「失敗，密碼不對。」手機在米娜耳邊說。

怎麼會呢？這是媽媽給的密碼，為什麼不對？

15 密碼是祕密

「媽媽的密碼不會錯呀。」米娜著急地自言自語。

手機提醒米娜：「用自己的密碼。」

米娜傻楞楞，「自己的密碼」是什麼呢？可以去跟誰要自己的密碼呢？

粉紅色手機靜靜的。

米娜決定再試一次，她眨眨眼吸一口氣，對著手機請求：「我很想媽媽，我要跟媽媽說話。」

「嘰嘰咕咕，嘰嘰咕咕」，手機真的打電話了。

「嗨，寶貝娜。」

聽到媽媽甜甜蜜蜜叫「寶貝娜」時，米娜開心的把手機貼在胸口，像抱住媽媽。

「啊，媽媽，我好想你。」米娜幾乎是用喊的回答媽媽。

「我也很想你唷，寶貝娜。」

快樂清亮的聲音讓米娜眉開眼笑，她等著媽媽再說話，可是手機安安靜靜，通話結束了。

噢，米娜趕快摸摸手機：「好朋友，謝謝你。」

能夠自己使用手機，這讓米娜覺得自己已經長大。

原來大家都要有自己的密碼，找出正確的密碼太有趣了……

米娜猜，黑色男孩雕像的密碼可能是「一滴眼淚」或「一顆汗珠」。

小麻雀的密碼呢？很可能是「跳蹦蹦，跳蹦蹦」這樣的觸碰。

玩具醫生準備告訴米娜的密碼，會是她自己找到的這個嗎？

她記得，那個醫生阿伯是一邊說一邊按喔，「跟我不一樣。」

「☆*§8※」

米娜踏跳、踏跳轉圈，下巴隨著數數兒點呀點：

「1、2、3、4、5。」

密碼是祕密，不能說出來，她只能用跳的、用點的、用哼數兒的方法，一遍又一遍練習，好不容易找到對的密碼，一定一定不可以忘記。

看到米娜高興跳舞的麻雀，啾啾啁啁很快樂，黑色男孩雕像也笑嘻嘻：「她找到了。」

小女孩的密碼是什麼呢？

16 有媽媽才好

吳媽媽家最近來了個小男孩，不怕生，跟巷子裡的阿公阿嬤、爺爺奶奶、祖父祖母們都笑哈哈打招呼，熱情的說話問好：「我叫嘟寶，來跟姨婆住。」他爸爸在國外，媽媽在台北做老闆，要專心經營公司，拜託好朋友吳媽媽當保母帶小孩。

嘟寶比米娜小一歲，兩個孩子很快就熟識，玩在一起。米娜告訴嘟寶，原本巷子裡有好幾個小孩，皮蛋哥總帶大家玩得很開心，可惜皮蛋哥搬家了，沒有人帶頭就再也玩不起來。

「皮蛋哥為什麼要搬家？」嘟寶問。

「嗯，他家大人吵架了。」

米娜記得那件事。有個中午，巷尾皮蛋哥家裡傳出大吵大吼聲，東西摔得乒乒乓乓，米娜跟阿公阿嬤過去看。

「祖產咧，幾代人靠咧生活。」是皮蛋哥的祖父在罵人：「了尾囝，地產賣了了，田是我在管顧，阿娜說賣就賣？」

聽到名字被叫到，米娜嚇一跳，抓緊阿嬤的手。

國仙阿公罵皮蛋哥的爸爸，抓著一把鋤頭氣呼呼敲地板，聲音那麼大，米娜很害怕，低頭看見他家地板裂出一條條線。

「有本事你出去，嫌吃苦不要做田，出去啊，去外面找頭路，自己打拚，別肖想賣我的田！」

說的話米娜不太懂，阿公阿嬤嘆口氣，沒說什麼，轉身帶她回家。那天下午一部貨車來，載走皮蛋哥和他爸爸媽媽跟傢俱。

「皮蛋哥笑嘻嘻，跟我們揮揮手，他一定是喜歡去新的地方。」米娜告訴嘟寶。

「去哪裡都要有媽媽才好。」嘟寶這樣說，米娜一直點頭：

「是啊是啊。」

17 嘟寶也一樣

小玩伴嘟寶來找米娜。嘟寶皮膚很黑，頭髮很多又很捲，像一個圓圈一個圓圈串在頭上，說話時嘴巴像在笑，米娜跟他玩，不自覺就會跟著笑。

今天，他們說好要去爬樹。公園有樹，路邊有樹，很多地方有樹，不過，他們會爬的只有稻田邊鐵軌旁的那棵茄苳樹。

「你先。」這次輪到米娜搬石頭墊腳，誰搬石頭誰就先爬。

踩著石頭踮起右腳跟，米娜抬左腳跨進樹杈窩再慢慢挪，「騎」上去了後就能扶著樹幹站起來。

跟米娜玩，嘟寶很開心。米娜的媽媽也不常在家，他覺得和米娜是同一國的人，就像現在，他們玩同樣的遊戲，做同樣的事情，心裡有同樣的想念。

「鐵軌好長喔。」嘟寶站上樹後又踮起腳，看著鐵軌直直細細伸出去，眼睛瞇起來都看不到最末端。

「它們會長到哪裡才停下來？」米娜問。

嘟寶從口袋裡拿出個東西，是一支有摺蓋的紫色小手機，「我打電話問鐵軌。」

想不到嘟寶也有手機！米娜睜大眼看著。

嘟寶的手指頭上下左右移動，按了很多按鍵。

「嘟嘟。」手機說話了。

嘟寶趕快說話：「我不知道鐵軌會長到哪裡才停下來。」

米娜好像聽到嗚嗚嗡嗡聲。

「鐵軌會在沒有火車跑的地方停住。」嘟寶放下手機說。

米娜笑咪咪，嘟寶也哈哈笑。

「我們打電話給媽媽吧。」米娜拿出粉紅色手機說：「我很想媽媽。」

「我也是。」嘟寶想媽媽，他不清楚多久沒見到媽媽了。

看米娜把粉紅色手機放耳朵邊，嘟寶也舉起手機按號碼。

嗚嗚嗡嗡聲變大了，火車一路衝一路叫，把手機發出的聲音遮蓋住。

米娜笑起來，大喊：「媽媽，你好嗎？我好想你。」

睜大亮亮的眼睛，米娜笑呵呵看嘟寶：「媽媽叫我『寶貝娜』，你有聽到嗎？」

嘟寶用力點頭：「嗯，我媽媽叫我『啊嘟嘟寶』，她會在手機裡跟我笑，唱歌給我聽。」

米娜點著頭，一邊想一邊笑：「他跟我一樣。」

兩個小朋友心滿意足地爬下樹。

嘟寶紫色手機上有數字，米娜知道那是「0」到「9」，她問嘟寶：「你知道媽媽的電話號碼嗎？」

「我都隨便按，只要每個都按到就可以。」嘟寶笑嘻嘻，很高與米娜注意到自己的手機。

「你怎麼打電話？」他問，粉紅色手機上頭的按鍵不是數字，是水果圖案，這樣能打電話嗎？

「用密碼呀。」米娜說得很快、很得意，兩個小朋友抱緊手機，笑哈哈走回家。

18

手機生病了

想到要一個人去上學，米娜心裡一陣慌張。

學校裡沒有認識的人，我要跟誰講話？會有壞人嗎？老師是什麼樣子？如果聽不懂老師說什麼，我要怎麼辦？學校那麼大，我會走丟！

阿嬤帶她走路去學校看看。出了巷子繞過公園，一直往前，「走右邊這條有紅磚牆的路。」阿嬤教她認路，這不難，但是米娜會害怕，想到一個人在學校，旁邊都是陌生人，她不知道怎麼辦才好。

如果媽媽在家，媽媽會知道米娜心裡緊張，媽媽會安慰她，聽她把擔心的事說出來，媽媽……

米娜渴望聽到媽媽的聲音，每天總要打開粉紅色手機，聽個十幾二十遍。

忽然有一天，粉紅色手機啞了，一直「沙沙」「沙沙」說不出話。

「你在咳嗽嗎？」

手機又是「沙沙」響，連唱歌也不行。

怎麼辦？米娜試著拍拍手機，這樣更糟，「沙沙」響聲停了，手機安安靜靜，只剩下光一閃一閃。

「好朋友……」

米娜心很慌，也許該讓手機休息，等它好了再說。把手機放在口袋，米娜跑去看火車。

媽媽說過：長長伸出去的鐵軌，可以連接到很遠的「外面」。火車滑著軌道「控隆，控隆」衝過去，它們一定是在唱歌，能去外面很遠的地方玩，當然會高興快樂的大聲唱歌。

「我希望和媽媽一起坐火車去玩。」米娜想。

手摸到口袋裡的手機，她突然鼓起勇氣，對著火車大喊：「米娜很想媽媽。」「米娜要跟媽媽坐火車。」

火車「控隆控隆」叫，不理她也沒停下來。

呆呆看著火車跑遠，不見了，米娜想著：「火車把我的話帶去

外面，媽媽會聽到……」

拿出粉紅色手機，她問好朋友：「你說，我想的對嗎？」光一閃一閃，好像眨眼睛說：「是的。」

為什麼我喜歡的人不能一直陪我呢？

回家後米娜去找阿公：「阿公，你會修手機嗎？它沒聲音了。」

停下工作，阿公先來陪米娜：「來，我看看。」

19 火車來幫忙

米娜的手機壞了，阿公沒辦法修。

不能跟手機聊天，不能聽媽媽的聲音，米娜很難受。

麻雀們在手機上抓抓點點，沒用，手機沒反應。

帶著手機來找黑色雕像，米娜大聲問：「手機生病了，你可以幫我嗎？」黑色男孩雕像沒任何聲響。

大家都幫不上忙。

「或許火車知道怎麼辦。」米娜想，抱著手機來到鐵軌旁，小心地把手機放在茄苳樹前土地上，等火車。

「嗚——」火車要來了，米娜站到茄苳樹邊，張大眼睛盯著手機。

腳底下有些震動，耳朵裡「控——隆——」聲弱弱的，米娜感到身體裡有噗通跳。

控隆聲越叫越近，越近越大聲，她害怕的抬手壓住耳朵，鼓起勇氣看著地上手機。控隆聲衝過去，有風，米娜看見自己的寶貝手機在發抖，動來跳去轉移身體，手機也怕大聲嗎？還是忙著跟火車說話？

「控隆」「控隆」，火車很快衝過去，漸漸看不到了。竟然聽到說話聲：「寶貝娜……」

咦，火車果然有辦法治好手機的怪病。

米娜趕忙去拿起手機，摸摸它全身，「你都好了嗎？」她按一下手機開關，開心問候好朋友。

手機亮起很微細的一點光，沒回答。米娜把手機貼靠耳朵，又問：「好朋友，你可以說話了嗎？」仍舊沒回應。

可是剛才確實聽到媽媽的聲音呀，米娜回想火車跑過去那時候……

啊，是火車，火車把媽媽的聲音帶來了。

是嗎？

還是……風嗎？到底是誰呢？

以後，我可以找誰幫忙呢？米娜呆呆想。

20

ㄊㄚ來過，ㄊㄚ來過

不能再用手機跟媽媽講電話，米娜整天無精打采，不想出去玩也沒笑容，安安靜靜地發呆，阿公只好再帶她出門兜風，去公園逛。

麻雀們吱吱喳喳叫，聲音和身影衝得像煙火噴射：「ㄊㄚ來了，ㄊㄚ來了。」

米娜和阿公經過公園時正在打瞌睡，眼睛半瞇，頭一直點。不知道阿公說什麼，她抓握機車鏡把的手忽然用力抓緊，醒了。

「ㄊㄚ來了，ㄊㄚ來了。」眼前麻雀飛啊叫啊，繞著一個大人說話，米娜認出來：「玩具醫生。」

「你的手機有問題，對嗎？」

「它不會說話了。」米娜告訴醫生阿伯。

「嗨呀，一直說要修理。」是阿公的聲音。

醫生阿伯把手機殼打開，米娜看見裡頭溼溼的。

阿伯笑著看米娜：「眼淚流進去了喔。」

米娜嚇一跳，醫生阿伯怎麼知道？

「我要幫它擦擦，還要換零件。」阿伯打開木箱找工具。

「真麻煩。」阿公走開去，好像是去掃落葉。

「好了。」玩具醫生大聲說，米娜趕快接過手機按下開關。

「好朋友，你好了嗎？」她小心問。

「是的，好朋友。」細細小小的聲音，真的是手機說話了，米娜高興到哇哇哈哈講不出話來。

「嗨呀，米娜，你是在說什麼？」被阿公摸頭這樣問，米娜高興地看著阿公：「手機跟我說話。」

「你是在鼾眠喔？」阿公很奇怪。

啊？

米娜忽然發現玩具醫生不見了，只有麻雀在樹上吱吱喳喳，小聲地好像說：「ㄊㄚ來過，ㄊㄚ來過。」

21 放在心裡

能夠再聽到手機裡的好朋友說話，米娜又有了笑容。

她告訴手機：「你生病了，說不出話。」是玩具醫生治好手機的毛病。

她也跟手機提起火車的事：「火車衝過去，我就聽到媽媽的聲音，叫我寶貝娜。」

這件事很神奇，她嘰哩呱啦說個不停，手機安靜聽著。

米娜問：「火車是朋友嗎？」

「是。」手機聲音小小的，米娜要把耳朵貼上去才聽得到。有朋友陪伴真好。

當然，她也跟媽媽打過電話了，媽媽用輕快溫柔的聲音，讓米娜快樂安心，確定媽媽好好地在想念自己。

很想很想媽媽的米娜，抱緊粉紅色手機問：「為什麼媽媽不能一直陪我？」

「不知道。」手機裡的聲音小小的。

她時常這樣和手機聊天，聽到手機唱歌，米娜跟著哼，還手舞足蹈笑呵呵，手機是她的寶貝。

抱緊手機，米娜數著自己現在有這麼多朋友：手機、火車、麻雀、黑色男孩雕像，玩具醫生也是，還有嘟寶。

以前還有皮蛋哥、蚊子叮、阿胡，她也想起稻草人阿立克，它不在了。

「朋友不會一直陪我，是嗎？」米娜問手機。

「是。」

手機的回答讓米娜想了一下，媽媽也沒辦法一直陪她，只有一個人會怎麼樣呢？她把手機靠在胸口發呆一陣子。

「放在心裡，隨時可以陪它。」手機這麼說。

米娜笑了，這方法很好，很容易做到。

「媽媽也這樣陪你。」手機提醒她。

喔，是嗎？

唸一遍媽媽給的密碼，米娜轉起圈兒，興奮的點頭：「是的是的，媽媽心裡想著我，我心裡也想著媽媽。」

摸摸頭、拍拍胸口，「媽媽說，我可以在這裡和這裡聽到她說話，這是祕密。」

現在，米娜不再難過「媽媽沒有一直陪她」這件事了。

22 好酷喔

住在姨婆家，嘟寶不像米娜能夠自己一個人玩，他都要有伴，到處找朋友。隔壁巷子裡小孩子多，嘟寶總是過去找他們玩，可是常常不開心地回家來。嘟寶告訴米娜，那些孩子會欺負人，玩起來很兇、愛爭吵。

米娜和嘟寶多半去公園或稻田，跑啊跳啊，爬樹、看火車，兩個小孩聊天說笑處得很好。

手機裡有個朋友會跟米娜說話，教米娜找到密碼，讓她和媽媽通電話，這些事情米娜說給阿公阿嬤聽，阿公阿嬤沒笑她，只說：「囡仔黑白想，玩具不能打電話啦。」根本不相信。

他們偷偷擔心，米娜腦子裡都想這些奇怪、不可能的事情，去到學校說出來，小朋友會笑她呆或笨或是怪小孩嗎？人家會肯跟她一起玩嗎？

米娜也說給嘟寶聽，嘟寶不但相信，還認真的點頭，替她高興：「你的手機真厲害，一定是神奇寶貝。」

嘟寶伸出手：「可以讓我看看嗎？」

米娜小心地把粉紅色手機放在嘟寶手上，很怕他不小心會弄壞。

幸好嘟寶看一看後就還給米娜：「我希望我也有一個手機裡的朋友。」

想想看，手機裡住著一個朋友，隨時可以和自己說話聊天，「那我就不是只有一個人了。」嘟寶越說越興奮：「還用密碼欸，好酷喔。」

米娜不知道什麼是「好酷喔」，但是她知道：嘟寶想要有個朋友陪伴。

「你就想一個好朋友呀，把你那個朋友放在心裡，隨時就可以陪他，他也能陪你了。」米娜把手機教的方法告訴嘟寶。

對米娜來說，這種事情太容易做到了，「把喜歡的人放在心裡」有什麼難呢？

23 Q妹和阿婆

嘟寶告訴米娜：「Q妹哭哭鬧，她的阿婆很生氣。」Q妹住嘟寶隔壁，是個小妹妹。

「為什麼哭哭鬧呢？」

「她要找媽媽。」嘟寶說。Q妹的媽媽最近不在家，洗澡吃飯睡覺都跟著阿婆，「Q妹不要阿婆，只要媽媽。」

「你聽到Q妹哭嗎？」

「嗯，她都尖叫說『不要、不要』，阿婆……」嘟寶靠在米娜耳朵說悄悄話：「阿婆大聲兇，說Q妹壞孩子，媽媽不要她。」

米娜很害怕，被媽媽不要的小孩會怎樣呢？

「我們去陪Q妹。」米娜邀嘟寶，兩個小朋友急急忙忙跑來Q妹家，在窗戶邊看見那個小妹妹，紅著眼呆呆站，抽泣著，Q妹變成哭妹啦。

米娜和嘟寶在窗外看，不知道是要叫Q妹出來，還是進去找她？正在想辦法，突然聽到阿婆很大聲說：「來，和我去買菜。」兩人趕快往窗裡看。阿婆拿長布條把Q妹抓到背上綁起來，Q妹又嚎啕大哭，喊：「媽媽，媽媽……」阿婆拍她屁股大聲說：「免叫啦，你媽媽聽不到啦。」

米娜嚇一跳，這個阿婆說話比家裡阿公還大聲，真的很兇。她怕阿婆！

緊緊捏住粉紅色手機，跟著嘟寶一起跑開，想不到尖叫聲追著他們，米娜以為自己要被抓住了。

跑了幾步後，嘟寶發現：「是你的手機在叫啦。」

米娜停下來檢查，手機「沙沙沙沙」又「吱吱吱吱」有聲音，手機怎麼了？

板著臉的阿婆走過米娜和嘟寶身邊，瞪他們一眼，氣呼呼的樣子很可怕。Q妹看著嘟寶和米娜，更加大聲哭喊：「媽媽，媽媽。」

米娜也想哭，嘟寶一樣紅著眼眶，他們都想著媽媽。

24 手機有祕密

粉紅色手機不但和米娜一樣，被Q妹的阿婆嚇到，而且還跟Q妹一樣的亂叫。

阿婆太可怕了，就算人已經走開，手機還在「沙沙沙」叫。

米娜按「開」，問：「好朋友，你怎麼了？」手機沒回答，換成「吱吱」聲，吱不停。

「你把它關掉呀。」嘟寶說。

米娜再按「關」，可是關不掉，手機繼續「沙沙、吱吱」叫，好好的手機不會這樣，它又壞了嗎？

米娜擔心又難過，眼淚真的就滾下來。

手機忽然安靜了，跟著傳出小小聲音：「別哭，我在打電話。」

「打電話？給誰？」米娜抹去眼淚問。

「祕密。」

米娜以為聽錯了，手機說的是「祕密」嗎？

手機又開始沙沙吱吱叫。

粉紅色手機的聲音實在很小，嘟寶沒聽見，只聽到米娜自言自語，又看米娜抹眼淚，他趕快拿出自己的紫色手機：「你想打電話嗎？可以用我的……」

米娜呆呆沒說話，腦袋裡全是手機說的「祕密」。

哎，「祕密」是很吸引人的東西，像糖果，把米娜迷住了。

忘了阿婆和Q妹的事，她和嘟寶去看火車，回家後，米娜問手機：「好朋友，你打電話給誰？」

手機說：「祕密。」

喔，米娜心跳加快一百倍。

她吃完飯洗過澡，上床要睡覺了，躲在棉被裡又問手機：「好朋友，你的祕密是什麼？」

手機還是說：「祕密。」

哎，米娜睡不著了，翻過來翻過去，不久又來問手機：「好朋友，把你的祕密告訴我嘛，好不好啦？」

「睡過覺就知道。」手機這次這樣說。

米娜開心地躺好蓋上被子，等著在夢裡聽祕密。

25 把媽媽叫回來

睡一覺後，第二天早上醒來，米娜好像忘了「祕密」這回事，沒再問手機，她只感到很快樂，整個早上都笑哈哈。

米娜坐在家門口板凳上，手按著胸口，閉起眼用力想媽媽。她在心裡喊「媽媽」，一聲又一聲，不停地喊，越喊越開心，因為她每喊一聲「媽媽」，就跟著模仿媽媽回應一聲「寶貝娜」，夢教的這遊戲真是有趣，感覺媽媽跟她玩，回答她。

「你在做什麼？」有隻手拉拉米娜的衣服，是嘟寶。

呵呵，米娜張開眼睛笑：「我在跟媽媽玩遊戲呀。」她告訴嘟寶做夢時學到的遊戲，「你要不要試試看，很好玩唷。」

嘟寶搖搖頭：「我很久沒聽到媽媽的聲音……」

不過，他真的閉上眼睛，安靜一會兒。

米娜等嘟寶睜開眼睛，笑出來後，也跟著笑了。

「跟你說」，嘟寶講悄悄話：「Q妹的媽媽剛才回來了。」

「阿婆說Q妹的媽媽工作不認真，只想回家休息。」阿婆說話很大聲，難怪嘟寶在家都聽得到。

米娜猜：「Q妹現在一定抱著媽媽不放。」

「嗯，是沒聽到她哭啦。」嘟寶說得很像大人。

「我要去看火車，你要去嗎？」嘟寶問。

米娜不想：「你自己去吧，我要再跟媽媽玩。」

坐到板凳上，米娜繼續剛才的遊戲，歡歡喜喜，靜靜聽著心裡頭的喊呼：「媽媽、寶貝娜」，啊，米娜笑起來：「我學的真像呀。」

媽媽的聲音細細亮亮又輕輕的，米娜再喊一聲：「寶貝娜」，臉上笑容更深了：「我要把媽媽學得很像很像。」

「阿娜，你怎麼不看我呢？」一個溫柔甜美的聲音在米娜面前輕喚。

米娜睜開眼，嗄，「媽媽？」蹲在面前亮著眼微笑對她看的臉，「啊，媽媽！」米娜緊緊抱住媽媽：「你聽到我在喊你嗎？」

臉貼著媽媽懷抱，米娜興奮的黏住媽媽：「我把媽媽叫回來了。」

「是的」，媽媽摸著米娜的頭髮，撫著米娜的肩頭，微笑地說：「我心裡真的一直有你叫媽媽的聲音。」

26 一定是這樣

緊緊握住媽媽的手，米娜想起來：「Q妹的阿婆說，她媽媽不在家是因為媽媽不要她。」米娜看著媽媽，擔心又害怕：「阿婆說的是真的嗎？」

「阿娜，我一直在心裡叫你，希望你快樂，媽媽說過喔，我要你、我……」

「我愛你、我想你。」米娜接下媽媽的話：「媽媽，我也是呀。」

現在，她知道了，手機好朋友昨天打的電話，一定是給媽媽，一定是，這真的是祕密。

「手機手機，我很愛你。」這是米娜和嘟寶發明的歌，想到就唱，現在她又對著手機開心的唱。

媽媽就坐在她旁邊，而且她們在火車上。米娜感覺車子在動，窗外的東西往後面跑過去，只有亮亮的天空一直高高寬寬，在頭上沒亂跑。她的眼睛眨呀眨呀，嘴巴ㄚ得忘了合起來。

火車「控隆控隆」，用力跑用力衝，米娜看見路邊有人，他們在看火車。

她還聽見火車在說話，那是她對著火車喊過的話，「好朋友，你還記得我說的話呀，謝謝你。」

火車把米娜的話告訴媽媽，又送媽媽回來，帶米娜一起坐火車，一定是這樣！「好朋友，你太棒了，謝謝你。」

「火車火車，坐火車真快樂。」米娜忍不住又唱歌。

米娜請媽媽注意聽：「火車在說話喔，它說米娜要跟媽媽坐火車，說了又說。」

安靜聽了一會兒，媽媽微笑看著孩子，她沒聽出什麼，但沒關係，孩子的世界很迷人：「火車應該是為阿娜高興唱歌。」

一定是，火車一定是這樣唱歌的。

27

睡到尿床了

跟媽媽坐在火車上看風景，唱歌說話，米娜一直笑，這麼快樂這麼舒服，火車搖搖晃晃，她偎著媽媽閉上眼，想：媽媽愛我，我愛媽媽，媽……

「唉唷，你這孩子是怎樣？起來，起來。」阿嬤的聲音叫開米娜的眼皮。

睜開眼，她不在火車上，媽媽不在旁邊，沒有窗外飛跑的風景，米娜一點一點清醒：這是家裡，她睡在床上，媽媽沒有回來，沒有帶她坐火車。

呆呆地眨一下眼，木木地坐起身下床，才發現床單溼了一片印子。

「換換換，快換衣服。」阿嬤不耐煩了，趕著抽起床單去洗曬。

「砰啷」一聲，粉紅色手機掉到地上，米娜忙撿起來，換過衣褲跟在阿嬤後面走去廚房。

手機說「睡過覺就知道」的「祕密」，是要送一個夢給我嗎？米娜想著那又長又真實的夢，媽媽身上的香味還聞得到呢。

阿嬤蹲在腳桶旁邊搓洗床單，抬頭時見到米娜站在桌子旁發楞，很意外。

「你明天要上學，會怕嗎？」

擦乾雙手，阿嬤先來摸米娜額頭，牽著米娜坐在椅凳上：

「來，吃鹹粥，你愛吃的。」

阿嬤盡量慢慢、小聲講：「免驚啦，你乖乖聽老師教，和小朋友玩別吵鬧，這樣就好啦。」

米娜點點頭，吃一口粥，香香鹹鹹的肉燥和綿綿軟軟的米粒，還有油蔥的湯，哇，吃不膩的好滋味馬上讓她眼睛發亮，臉上笑出酒窩。

阿嬤都煮她愛吃的飯菜，陪她洗澡睡覺，阿公也對她好，帶她兜風看麻雀，米娜確定自己比Q妹好，沒有兇兇的阿婆大聲罵人……

28
媽媽愛她的小孩

洗著床單，阿嬤想事情：孫女真乖巧，笑面神好性情，媽媽不在身邊也不會搞怪，去學校應該沒問題，「反倒是我這大人在緊張。」

正自言自語笑自己，外頭大叫大嚷，不知誰在相罵，還沒聽清楚又有一聲「碰」重響和尖厲哭喊。

「驚死人，是怎樣了？」阿嬤起身拔腳，甩下兩手泡沫跑出去，米娜連忙拿起手機跟著跑。

Q妹的阿婆抓著Q妹媽媽的頭髮，那媽媽倒在地上被阿婆拖著走，兇阿婆說什麼：「……」米娜完全聽不懂，只注意到阿婆背上的Q妹，哭得臉紅聲音啞還是叫「媽媽」。

阿婆忽然鬆開手，用腳去踩Q妹的媽媽，米娜嚇到了，阿婆真的是壞人！

「欸，欸，毋通，毋通。」米娜看到阿嬤跑去勸，誰知阿婆解開背巾，抓住Q妹像抓小雞那樣，用力放到地上，狠狠推去給地上的媽媽。

「唉唷，夭壽喔。」圍觀勸架的幾個老人有的罵，有的拉。

米娜被擋住，看不見發生什麼事，只聽見阿婆大聲哭，哩哩哇哇說什麼，Q妹的媽媽也哭，邊說：「謝謝，謝謝。」又聽到自己

的阿嬤問：「囡仔有要緊莫？」

說話聲很多，丁爺爺說：「阿婆耳朵重，口氣差，媳婦待不住啦。」吳媽媽嘆氣：「連說話都講不通，要怎麼住一起？」又一個祖母說：「老了，脾氣要改啦，少年仔說不理就不理哦。」一個比一個大聲，應該是在跟阿婆說話。

「剩這個後生和你住，就別把人趕跑了，孤單老人歹過日啦。」這是國仙阿公的聲音。

米娜從人縫裡看，見到Q妹被她坐在地上的媽媽抱著，臉白白青青，眼睛大大望著天，嘴巴閉住不哭了。那媽媽摟抱住Q妹，又搖又拍，不停喊「Q妹」「寶貝」。

米娜看清楚也看懂了，Q妹的媽媽沒有不要她，媽媽愛她的

小孩！

放心的米娜眨眨眼，握緊手機，想笑，眼睛卻濕濕的。

29 第一天上學

第一天上學，米娜跟阿嬤來到校門口，一個人進到學校，卻不知要往哪邊去，杵在柱子邊看很多小朋友走過，「我好像公園的黑色雕像喔。」她想。

有個女老師過來問她名字，帶她去教室：「陳老師，這是你班上的小朋友。」

陳老師高高壯壯，燙捲頭髮，教室裡面坐了許多小朋友，男生女生好像都比米娜大。老師讓米娜坐在中間最前面，她誰也不認

得，眼睛盯著桌子和黑板，不敢轉頭看老師做什麼事，更不敢去看同學。

伸手摸口袋，粉紅色手機在裡面，好朋友陪在旁邊，米娜安心了，又摸摸胸口，媽媽在心裡，米娜想著媽媽的聲音「寶貝娜」，她亮亮的眼睛眨一下，勇敢地抬起頭。

呀，老師正好抱著一疊課本看向她：「米娜，幫我發本子。」老師清脆響亮的聲音和友善親切的說話，讓米娜很快站起來，接過書。

要怎麼發？

看別排有小朋友也在幫忙，米娜就學樣子，每張桌子放一本。

新課本新簿子都要寫名字，還有很多要帶的東西，米娜仔細聽，小心記住老師的話。好像隔了很久很久，感覺很忙很忙，接著老師帶大家排隊，在學校裡走一圈。一年級教室一班一班走過，再去辦公室、保健室、操場、禮堂、廚房、資源回收室。

怕走丟的米娜，跟在隊伍裡東張西望，努力找可以認的東西，走走停停，只記得有轉角的地方就有廁所，走廊上很多洗手台，學校裡有樹有花有水溝。

忽然，隊伍停下來，這是哪裡？

陳老師指著牆上「1-3」的牌子大聲說：「我們是一年三班，記住喔。」

一路捏著口袋的米娜鬆口氣，牢牢記住那塊牌子。

30

我要曬太陽

放學了，陳老師帶小朋友走到校門口，很多爸爸媽媽來接孩子，鬧哄哄亂糟糟。

米娜自己走回去，一陣子後發現，怎麼沒有紅磚牆？走錯路了嗎？她心裡咕咚咕咚跳，抓緊口袋裡的粉紅色手機，怕怕的轉身回頭走。

站在大路口邊她看一看，喔，紅磚牆在另一邊，米娜高興地快步彎過去，跑跑走走順利回到家。

「我幫老師發簿子。」吃飯時她眉開眼笑，話說個不停。能夠一個人去上學，不像別人還要家長陪，又能自己走路回家，米娜認為自己很厲害，而且老師已經記得她的名字，這件事讓米娜更興奮。

「真的厲害。」阿公誇獎她，阿嬤也笑哈哈對她豎起大拇指，大人忙賺錢不能陪在她身邊，米娜會自己獨立確實厲害。

功課很多，每本簿子都要寫名字，一筆一劃慢慢寫完，要睡午覺了，米娜拿出粉紅色手機放在枕頭邊。

「好朋友，我今天很勇敢。」她跟手機說。

手機沒說話，米娜繼續，說自己在學校不慌張，幫老師做事情。

「你覺得我厲害嗎？」手機靜靜的沒回答，米娜著急了：「好朋友，你不理我嗎？」

還是沒聲音！怎麼辦？

「你不喜歡上學嗎？」坐起身，她拿著手機不睡了，去外面找阿公。

昨天晚上還用手機跟媽媽說話，像平常一樣好好的呀。

「好朋友，好朋友」，米娜一聲一聲叫。阿公去哪裡了？誰來幫她修理呢？

「好朋友……」

手機突然亮一下，米娜趕忙湊上耳朵聽，「我要曬太陽。」細細弱弱快聽不見了。

曬太陽？

她跑向稻田，那邊陽光最強，太陽最多。

米娜恍然大悟，原來手機需要曬太陽，昨晚到剛才手機都沒照到陽光，以前幾次壞掉也是這原因嗎？

舉高手機對著陽光，米娜知道要怎麼照顧好朋友了。

31 看不到火車

「帶手機去曬太陽」成為米娜每天要做的功課，阿公阿嬤不懂，想出去玩也要說得這麼有學問嗎？知道米娜都在巷子頭尾活動，沒什麼危險，只要書讀好了功課寫完，就讓她出去玩。

嘟寶如果來找米娜，他們都會去巷尾稻田那邊，火車看不到了，工人用鐵片圍籬把鐵軌遮住，不知道要做什麼。

巷尾那塊菜園倒是有架高的棚子，爬滿綠葉，皮蛋哥的祖父還是做農夫，拿鋤頭穿雨鞋戴斗笠，在菜園、稻田裡來來去去。

米娜覺得這國仙阿公比自己阿公還要老，皮膚黑黑手腳瘦瘦，不怎麼笑，遇到他們會揮揮手，說：「慢慢跑，毋通踣倒。」他那隻鋤頭總是讓米娜記起他家地上一條條裂痕。

嘟寶問國仙阿公：「阿公，火車為什麼不給人看？」

國仙阿公竟然露出笑容，很高興地回答：「啊，你真乖。」「火車都跑地下了，鐵枝路要拆掉。」「圍起來卡安全。」說了好幾句。

「阿公，那以後就沒火車了嗎？」嘟寶又問。

「哈哈，乖囝仔，火車嘛是跑來跑去，都在你腳底下。」

米娜和嘟寶聽了不是很懂，向國仙阿公謝謝說再見後照樣去爬茄苳樹。

現在米娜不必墊腳就爬得上去，「我長高了。」她這麼想，開心一下立刻又煩惱：媽媽沒有火車要怎麼回來？

站在樹上只能看著圍籬，沒什麼趣味，他們轉身看稻田，發現有些地方沒有綠綠稻子，空出很多塊地，以前很大的田變小也變少了。

回家後，米娜問手機：「沒有火車，媽媽能回來嗎？」

「能。」好朋友聲音小小的，不過答案很棒，米娜笑了，跟著手機唱歌。

阿嬤看米娜開心模樣，逗她：「你的玩具手機曬太陽就會有電齁？」

「對。」米娜說得很確定。

阿公聽到笑出來：「哇，你是用太陽能充電喔？」哪裡學到的？

現在的小孩太會黑白想了，老師一定很傷腦筋。

32

厲害的玩具

在學校要守規矩、認真上課、把字寫好、功課要記得交……這種事米娜都很聽話，阿公阿嬤不操心。

可是阿嬤叫她：「手機放在家裡。」阿公也說：「上學不要帶玩具。」米娜卻說手機是寶貝不是玩具，一定要放在書包裡跟著去上學，還好她在學校不會拿出來玩，只有要拿文具簿本時，打開書包才順便摸摸手機，阿公阿嬤就沒多管這件事。

班上同學很愛吱吱喳喳說話、問問題，米娜都是安靜聽。別人說卡通裡的什麼「海綿寶寶、佩佩豬、寶可夢……」米娜完全不懂，聽得津津有味。她跟同學玩，學會搖呼拉圈和跳繩了，「牆壁鬼」是新遊戲，她看了幾次才跟著玩。

陳老師有時會找米娜發簿子、拿東西，或請米娜念課文，米娜開心又害羞，努力做好每件事。

上學是快樂的事，米娜回到家一定跟阿公阿嬤說學校的生活，也一定跟手機聊天，把不知道的事情問好朋友。

阿嬤阿公除了注意聽米娜說，還會問她：「佩佩豬是什麼？」

「寶可夢要怎麼做？」

「不是夢啦，那些是小朋友常看愛玩的電視和遊戲。」

喔，弄錯了，阿嬤也好笑，再問：「那卡通是什麼？」

「用畫作出來的影片。」

上幾天學校就懂這麼多，應該是老師同學教的，想不到米娜說：「我問手機的。」

阿公阿嬤很意外，看她拿著手機一個人說話，以為是在演戲，竟然是真的跟手機對話咧。

手機都是小小聲，也只有米娜聽得到，有時連不會寫的功課她也問，手機不再只是用來講電話、聽媽媽的聲音，還幫她長知識，可以聽懂同學的話題。

「你的玩具這麼厲害喔？」阿嬤嘖嘖嘖一直搖頭。

「沒什麼啦」，阿公知道的比較多：「現在科技太進步，我們快跟不上時代了。」

「我的好朋友超級無敵厲害！」米娜笑哈哈大聲說。

33 偷人家的東西

在學校上課寫字玩遊戲，每一天都是快樂的活動、學習，米娜很期待。

可是這一天，不知道為什麼，有同學舉手說：「老師，米娜偷人家的東西。」

「偷？」太可怕了！米娜立刻搖頭：「沒有，我沒有。」

陳老師問清楚，是羽恩掉了粉紅色小錢包。

「她有摸她的錢包。」幾個小朋友這麼說。

老師想一想，請米娜翻翻口袋，真的沒有。

「她一定藏在書包裡。」

「老師，她今天開書包都在裡面摸很久。」竟然有人這樣說，米娜嚇一跳。

老師先看看米娜再對著全班：「我們不要這樣說，東西不見了就仔細找一找。」

「來，大家一起。」老師先請大家幫羽恩找，「有沒有掉在椅子下面、地板上？」「或是不小心掉在誰的抽屜、水壺袋、餐盒袋。」「書架、置物櫃也去找看看。」

一個又一個提示，小朋友都動起來，忙著這裡看那裡瞧。

趁機會，老師請米娜打開書包，米娜臉發白，快哭了。

書包裡有個粉紅色東西，陳老師第一眼就瞄到了：「這是什麼？是你的嗎？」

米娜緊張到只會「嗯」，不敢看老師。

「讓我看看，好嗎？」

老師平靜的聲音讓米娜乖乖拿出粉紅色手機。

「找到了，看吧，就說是她偷的。」告狀的柏辰帶頭喊。

「嗄，偷拿東西。」「真的是欸……」幾個同學圍過來。

「喔，不可以這麼說。」陳老師制止柏辰和同學。

「不是，不是。」米娜拼命搖頭：「這是我的……」

「找到了，找到了。」羽恩在教室後面高興地喊：「老師，幫我拿啦。」

小錢包掉在書架和置物櫃的空隙間，陳老師拿教學指示棒勾出來，真的是那小巧可愛粉紅色錢包，羽恩細心地拍掉灰塵，眉開眼笑的親幾下再放進口袋。

米娜握住手機，眼淚開始掉。陳老師摟著她，要柏辰過來跟米娜對不起，老師的手柔軟溫暖，搭在她肩上輕聲問：「你就是在摸書包裡的玩具嗎？」

「它不是玩具。」米娜抽抽噎噎，抬起臉勇敢看著老師，認真的說：「它是我的好朋友。」

喔，同學都嚇一跳，她臉上閃亮發光一顆一顆的，不像是淚水！

34 誰是壞人

學校裡發生的事，阿公知道了，安慰米娜也稱讚她，能勇敢跟老師同學辯解。阿嬤有點氣，就算錢包找到了，證明米娜沒拿別人的東西，想到「孫女被冤枉成小偷」，阿嬤還是罵她同學：「嘴巴那麼壞，胡亂說、黑白講，有夠壞。」

阿公交代米娜：不要怕，如果遇到不講理的事或被人欺負，一定要跟大人說；「驚驚袂著頂。」「膽卡在咧。」這兩句話米娜不懂，阿公也沒再多解釋。

下午跟嘟寶去稻田丟土塊時，米娜把不愉快的心情也用力丟出去。

「小偷是壞人，很可怕的，我又不是。」她已經和嘟寶丟了七八丸的土塊。

「我的好朋友差點被老師拿走。」「是羽恩說我可以摸一下，我才去摸那個錢包。」米娜一邊丟一邊說。

「我討厭學校早上發生的事情。」她告訴嘟寶：「很討厭。」

「那你不去學校了嗎？」

聽到嘟寶這樣問，米娜嚇一跳：「要啊，我只是不喜歡別人亂說我壞話。」

晚上睡覺，把臉貼在粉紅色手機上，米娜問好朋友：「Q妹的阿婆是壞人嗎？」像虎姑婆那樣子？

「阿婆是壞脾氣。」手機小小聲的。

「那，柏辰是壞人嗎？」隨便叫她小偷，太壞了。

「柏辰是壞習慣。」手機說。

「好朋友，我會遇到壞人嗎？」米娜一直擔心這件事，壞人很可怕，米娜最怕遇到壞人。

「你知道誰是壞人嗎？」她問好朋友。

「不知道。」

阿嬤來幫米娜蓋好被子時，聽見她不斷對玩具說壞人怎麼怎麼，還沒睡，是被「小偷」的事嚇到嗎？

35 剛才太陽照在哪邊？

走廊上，抱著一箱教具的陳老師要去教務處，恰好遇見米娜，眼神對上了，小女孩拉開嘴角笑。

「這孩子很有意思。」陳老師重新記起羽恩掉錢包那天。當時，小朋友注意到米娜藏在書包的東西，好奇地問、好奇地看：「是什麼玩具？」「要怎麼玩？」有人更直接伸手去摸：「讓我玩一下。」

米娜慌張閃躲那隻手，大聲說：「這是我的好朋友，它會唱歌。」

「它會唱什麼？」「你讓它唱啊。」「那是收音機嗎？」大家想看想聽，陳老師也跟小朋友一樣猜。

「不行啦，它沒電了，我今天還沒帶它去曬太陽。」米娜的回答像按啟開關，小朋友動起來：「走走走，我們出去玩。」「去曬太陽……」一群孩子麻雀那樣「呼」地衝出教室。

想到這裡，陳老師藏不住笑，哈，「帶玩具好朋友去曬太陽」，說得真棒！被誤會而流淚的孩子，按著胸口時一定是很害怕，說不定心裡哭喊「媽媽」呢……

放好教具回到教室，陳老師發現米娜蒼白著臉看向老師，書包的東西全擺到桌上，她的眼神在求助嗎？

「老師，我的好朋友不見了。」米娜慌亂極了，粉紅色手機不在書包裡。

「有看到誰來翻過她的書包嗎？」老師先問小朋友，大家都搖頭。

手機不會自己走丟呀，要去哪裡找呢？米娜不知道怎麼辦才好。

陳老師再問：「有人好心腸，帶它去曬太陽嗎？」

啊，有了，保賓和利吉擠眉弄眼，偷笑。陳老師故意往外面看：「剛才太陽照在哪邊？保賓知道嗎？」

「洗手台那邊啦。」保賓趴在桌上笑哈哈，指著走廊。

出去看，是喔，粉紅色小小方形玩具在洗手台上，被太陽照出一片光。

「好朋友」，米娜先叫一聲，歡天喜地抓起來。哎，怎麼溼答答滴著水？米娜急忙拿衣服裙子去擦。

「好朋友，好朋友……」手機沒反應，沒閃光，再按，沒聲音，歌不唱了，哈囉也沒了。

碰到水的手機，生病、壞掉了嗎？

「老師，它不能唱歌了。」米娜傷心又生氣，好朋友被弄壞了，「它濕濕的都是水……」

真是糟糕！陳老師問：「有沒有誰看見玩具怎麼了？」

「它髒了，要洗乾淨。」利吉指著保賓：「他說的。」

「又沒有」，保賓嘟著嘴：「我又沒有……」

沒有什麼？老師正要問，米娜已經憋不住情緒：「我都用它跟媽媽講電話。」

「好朋友讓我聽到媽媽的聲音。」

「我要跟媽媽說話。」

一向安靜害羞的米娜，連串說，不停說，慌張無助沮喪全在心裡翻攪，難過的聲音爆發出來：「**我的手機不能講電話了！**」

陳老師和小朋友都很意外：那個玩具是手機？

36 世界很荒涼

幾個小朋友在教室嬉鬧，撞翻米娜的書包，東西掉一地，大家七手八腳撿起來放桌上，有人踩到那個粉紅色方形小玩具，旁邊保賓拿起來，看到沾了土，就拿去沖水晒太陽……

「事情這麼發生的。」電話裡，陳老師向米娜的阿公解釋。

怎麼叫都沒回應的玩具手機，始終被米娜拿在手中。

「我要等玩具醫生來，他會修。」米娜跟阿公說。

陳老師再一次轉達家長的意思：可以買個等值的新玩具給米娜。

原本能唱歌、會閃光的功能都故障，那應該就是弄壞了，不過阿公搖搖手，回老師：「是囝仔物，玩具，不能修就算了。」

確定班上小朋友不是故意欺負米娜後，阿公不想追究，再說，這玩具值多少錢呢？阿公也不會估算。

自己的孫女，阿公很清楚：「她就只要這個。」這玩具是米娜的寶貝，現在壞了，她還是不肯丟，還有什麼能安慰她陪伴她的東西呢？阿公很傷腦筋。

「玩具醫生會在哪裡？」阿公問米娜。

「公園。」米娜亮起眼睛：「我都在公園遇到那個醫生阿伯。」

有嗎？阿公載米娜出門去找。

公園裡很多樹挖走了，麻雀們不在這邊唱歌。

「樹呢？」

「公園要重新做。」阿公很奇怪：「你每天走過都沒在看喔？」

除了樹，噴水池也倒滿土，不裝水，「那些水髒了會生蚊子，不妥當啦。」阿公說。

米娜的腦袋裡轟轟響，黑色男孩雕像站的高高石台被拆掉，「它被移到哪裡？」

「誰？」

眼睛四處看，米娜沒說話，心裡空空的。

麻雀啾啾啁啁唱歌聊天，很熱鬧，在樹上地上石台上飛飛跳跳，那麼快樂，牠們跟我是好朋友。黑色男孩雕像會安慰我，幫我打電話，我才知道手機可以聽到媽媽的聲音，這個雕像是我的好朋友。手機教我用自己的密碼打電話，教我把媽媽放在心裡作伴，教我很多事情，手機是火車送來的好朋友。

為什麼這些好朋友都不在了？

米娜說不出話，喉嚨梗著憋著，她的世界很荒涼，沒有好朋友可以看可以聽可以摸，只能在心裡想，可是心是空的呀！

她感到孤單，摸按胸口、抓住衣服，沮喪懊悔：如果把手機放在家裡，就不會被同學踩到，不會有事。如果每天上學放學都往公園裡瞧瞧，也許能跟黑色男孩雕像說再見。麻雀們還會再來嗎？會來告訴我「玩具醫生來了」嗎？

整個人空掉了的米娜，流不出眼淚，眼睛也空了吧？眨呀眨，公園裡看過一遭，卻不知有看到什麼，腦袋一樣空的。沒有笑沒有哭，沒有張嘴閉嘴、搖頭點頭，臉上同樣空的。

米娜不知道自己在什麼地方，是空中風裡？樹上火車？稻田菜園？

「米娜，你在想什麼？」終於聽到阿公的叫喚，耳朵有聲音，不空了。

37

她是怎麼了

安安靜靜地吃飯洗澡，安安靜靜地蓋好被子，把粉紅色手機放在枕頭邊，米娜安安靜靜躺著。

好朋友都不在，想媽媽的時候，誰可以幫我？誰可以幫我打電話給媽媽？媽媽……

想著媽媽念著媽媽，沉沉的眼皮很快闔上，米娜，這小女孩累壞了，有誰能修好她空空荒涼孤單的心靈？

沒找到玩具醫生，從公園回來就安安靜靜的米娜，讓阿公阿嬤很擔心，她是怎麼了？

「玩具壞了就這樣？」阿公有點無奈，阿嬤也嘆氣：「好像魂都沒了！」

「好好睡一覺，明天就沒事。」兩個老人有默契：「嗯，明早我煮鹹粥給她吃……」

「那個玩具……應該過一兩天就好了吧。」阿嬤樂觀地想，那東西之前也壞過幾次，沒幾天又好了，照樣能玩。

「這次不同，靜悄悄沒半滴聲。」阿公搖搖手：「小孩玩具哪有用不壞的，壞了就壞了，根本也不用修……」

還沒說完，房裡頭有聲音：「你很壞！」

「欸，什麼事？」

阿嬤匆匆來房間，往床上找，突然全身一震，驚得捂嘴。側睡的米娜左手壓著玩具，右手大拇指塞在口中，她吮著指頭！

以往，米娜是抓著小被子，嘴巴含住被子一角才睡得安穩。再之前，她吮大拇指，就算把她指頭拉出來，哼一哼再睡，還是又塞回嘴。媽媽和阿嬤費很大精神才改掉她這習慣，今天突然又回到三歲時候，這孩子……

紅著眼眶，阿嬤小心抓住那拇指，慢慢，一點一點，從微張的嘴裡穩穩拉出來。把被子一角放在米娜右手裡，阿嬤摟著米娜肩背，輕輕摸撫，一下一下又一下：「乖阿娜，好好睡，免驚，阿嬤佇遮。」

緩緩低低的聲音裡阿嬤心中嘆著氣，玩具手機壞了，囝仔沒有伴，不能玩樂遊戲了。看著枕頭邊的粉紅色玩具，阿嬤想到：如果修不好，是不是要去買個新的？

38

媽媽什麼時候回來

「你很壞！」「你很壞！」「你是壞人！」「你很壞。」米娜脹紅著臉，站在幾個男生座位旁，一個一個，大聲說了又說：「你很壞。」

「你屁啦。」「你很吵，笨蛋、醜八怪。」保賓罵回嘴。

「你走開啦。」利吉粗魯的推她，米娜手抬起來也用力推回去。

柏辰「哼」一聲，歪起下巴翻白眼：「又怎樣？你的東西擋路，不知道嗎？我不踩下去要怎麼過？要飛喔？哼。」

眨眨眼，米娜認真想，要再怎麼去罵那些人？一不小心把眼皮撐開來，啊，周圍暗暗的，天還沒亮，這是晚上。

「我和小朋友吵架」，米娜記得自己生氣、很勇敢大聲、兇巴巴的樣子，「不是真的，我只是作夢。」

是為什麼跟人家吵？

米娜合起眼再睡，喔對了，「那些人弄壞我的手機。」

「你們弄壞我的東西。」米娜翻過身又再翻過身，用力跟小朋友推打。

她的手摸來摸去，抓起被子往嘴裡塞。

火車控隆控隆跑來，慢慢停住，有人下了火車，米娜仔細找，媽媽在哪裡？

床上的米娜抬起腳，她在跑，追著火車，火車又動了……

「媽媽什麼時候回來？」她趕快問火車。

沒有回答，連控隆聲也沒有，很安靜。

米娜轉頭左看右看，沒有人理她，孤單荒涼的感覺又出來了。

她努力睜開眼，伸手去枕頭下，摸到手機好朋友。

「可以幫我打個電話嗎？我很想媽媽。」米娜閉著眼，口中含糊呢喃。

「我很想媽媽，媽媽。」聽見米娜說的夢話，阿公阿嬤的心往下沉，已經半夜，這孩子始終睡不安穩。

阿嬤輕手去拍撫，希望阿孫睡熟、眼皮別再掀跳；阿公踱步走，操煩到沒睡意。

房裡靜靜悶悶的。

「我很想媽媽。」夢裡的米娜看著空空的公園，往黑黑暗暗的角落喊：「可以幫我打個電話嗎？」

阿嬤揉揉眼睛，無聲嘆口氣：「叫她請假回來看孩子吧。」

「好，」阿公應一聲：「我去，」鞋頭轉過來朝向門口：「我去打電話……」

兒童文學59　PG2790

可以幫我打個電話嗎？

作　　者／林加春
繪　　者／芳　安
責任編輯／孟人玉
圖文排版／黃莉珊
封面設計／芳　安
封面完稿／陳香穎
出版策劃／秀威少年
製作發行／秀威資訊科技股份有限公司
114 台北市內湖區瑞光路76巷65號1樓
電話：+886-2-2796-3638
傳真：+886-2-2796-1377
服務信箱：service@showwe.com.tw
http://www.showwe.com.tw

郵政劃撥／19563868
戶名：秀威資訊科技股份有限公司
展售門市／國家書店【松江門市】
104 台北市中山區松江路209號1樓
電話：+886-2-2518-0207
傳真：+886-2-2518-0778
網路訂購／秀威網路書店：https://store.showwe.tw
國家網路書店：https://www.govbooks.com.tw
法律顧問／毛國樑　律師

總經銷／聯寶國際文化事業有限公司
221新北市汐止區康寧街169巷27號8樓
電話：+886-2-2695-4083
傳真：+886-2-2695-4087

出版日期／2022年11月　BOD一版　**定價**／320元
ISBN／978-626-96349-4-1

讀者回函卡

秀威少年
SHOWWE YOUNG

國家圖書館出版品預行編目

可以幫我打個電話嗎? / 林加春著 ; 芳安繪. -- 一版. -- 臺北市 : 秀威少年, 2022.11
面 ;　公分. -- (兒童文學 ; 59)
BOD版
ISBN 978-626-96349-4-1 (平裝)

863.59　　111016022